안준철 시집

오래된 아침

오래된 아침

인쇄 · 2026년 4월 10일 | 발행 · 2026년 4월 17일

지은이 · 안준철
펴낸이 · 한봉숙
펴낸곳 · 푸른사상사

주간 · 맹문재 | 편집 · 지순이 | 교정 · 김수란
등록 · 1999년 7월 8일 제2-2876호
주소 · 경기도 파주시 회동길 337-16(서패동 470-6) 푸른사상사
대표전화 · 031) 955-9111(2) | 팩스 · 031) 955-9114
이메일 · prun21c@hanmail.net
홈페이지 · http://www.prun21c.com

ISBN 979-11-308-2371-3   03810
값 13,000원

푸른사상
시선

224

오래된 아침

안준철 시집

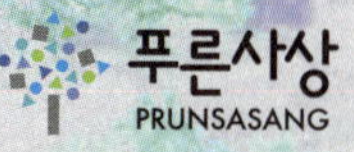

다시 봄이다.

오래전, 어머니가 연두인 나를 바라보셨듯이
연두의 연두의 연두인 첫 손주 유담이를
할머니가 된 아내가 바라보고 있다.

무얼 더 바랄 것인가?

다만, 내 가난한 시가 세상의 마을로
한 발짝만이라도 더 나아갈 수 있기를!

2026년 4월

안준철

차례

제1부

눈꽃

눈꽃을 보러 간 건 아니다
겨울산의 황량함이 좋아
꾸역꾸역 산을 올라갔던 것인데
황홀한 눈꽃 세례를 받고 내려왔다

눈꽃은 눈과 바람과 추위가
허공을 떠돌다가 만나
나뭇가지에 아로새긴 무늬다
말하자면 떠돌이들의 화음 같은 것인데
나무가 몸을 내주지 않았다면
눈꽃은 탄생하지 않았을 것이다

나는 가만히 눈꽃을 바라보았는데
눈꽃들도 나를 바라보고 있었다
나를 떠돌이의 일원으로 받아준 것인가
내 눈에 비친 자신의 모습에 취한 것인가

눈부처로 핀 눈꽃들이 너인지 나인지
몰라도 좋은 그런 눈빛이었다

오래된 아침

아침 일곱 시 반
밤새 내 투정을 받아주느라 흐트러진
이부자리 가지런히 해놓고
아침에 눈 뜨기가 무섭게
읽어댄 책도 제자리에 얌전히 두고
옷을 갈아입고 집을 나선다

이렇게 내 발로 걸어 나와
아침을 맞으러 갈 날이
얼마나 남았을까
한 달 두 달은 아니겠고
일 년 이 년도 아니겠고
그 이상은 모르겠고

십 년인들 이십 년인들
살아온 날을 생각하면
눈 깜짝할 새겠지만
딴은, 이월에서 삼월이 얼마나 멀더냐

헐벗은 가지에서 새 움이 돋고
매화에서 살구꽃까지가 얼마나 멀더냐

어젯밤 운동장을 돌다가 말고
맨발로 서서 본 별빛은
멀고도 먼, 아슬하고도 아슬한
과거의 과거의 과거가 보내온 윙크인 것을
저 우주 끝에서 막 당도한
이 오래된 아침이라니!

꽃보다 폐허

다 쓰러져가는 폐건물 부스러기
그 앞마당에
매화가 하얗게 피어 있다

도반이 된 사랑이*와
동네 뒷산에 다녀오는 길에 본다
그 폐허에서 핀 꽃들을

이상하다

내 눈길이 오래 머무르는 곳은
꽃보다 폐허다
꽃들이 지고 피기를 반복하는 동안에도
미동도 없이 남아 있을

묵정밭이라고 하기에도 마땅치 않은
저 어수선한 곳이
내 안에 없기 때문일지도

저런 땅이라면
한두 평 사두고도 싶다

내 안에 없는 폐허를
경작해보고 싶다는 생각을
해보기도 했다

* 주인의 허락을 받아 산책을 시켜주는 반려견 이름.

연두

이런 생각을 왜 처음 해보는 것인지

사흘 전, 귀 빠진 날이었다
오랜만에 동네 뒷산에 올랐다가
어머니 생각이 난 것인데
연두 때문이었다

가만 생각해보니
어머니도 날 낳으시고
며칠 뒤라도 몸이 우선해져서는
마당에 나오셨다가
연두를 보셨겠구나

나도 어머니에겐 연두였겠지만
아니, 내가 더 연두였겠지만
먼 산의 연두보다도
더 연두였겠지만

아, 당신 품 안의 연두와
봄 산 먼발치의 연두를
번갈아 바라보셨겠구나

갓 오십에 꽃잎 떨구신 어머니는
살아보지 못한 나이 칠십이 되어서야
이런 생각이 드는 것인지

아른아른한 봄날
그립습니다, 어머니!

등짝

어제 본 꽃을
오늘도 보러 가네
햇살에 등짝 따뜻하네

내 몸에 등짝이 있다는 걸
햇살이 알게 해주네

몸이 있어서 마음이 있네

등짝이 따뜻한 것은
추위가 남아 있기 때문

한 줌 햇살에도 외롭지 않으니
마음 한 고샅에 맑은 슬픔 하나
세 들여놓고 싶네

나의 애마 첼로를 타고

나의 애마 첼로 자전거를 타고
건지산 단풍나무 숲에 가기 전에
천변 풀숲에 먼저 가서 앉았네
토끼풀 두 개 끊어 손톱으로 길을 낸 뒤
하나로 이어 꽃시계 만들었네
자전거에 올라타면
자전거와 내가 하나가 되듯이
두 토끼풀도 한 몸이 되었네
그걸 나를 숲으로 데려다 줄
자전거 왼쪽 손목에 달아주었네
어제 그 자리에 있던 시든 꽃시계는
흙으로 고이 돌려보냈네
고맙다는 말 잊지 않았네

두 여자

군대 가던 날 부대 정문 앞에서
나를 배웅하던 두 여자
어머니는 갓 쉰, 또 한 여자는 갓 스물이었지

누구에게 마지막 눈길을 줄까
끝내 정하지 못하고
허공에나 눈길을 주고 말았던가

갓 스물의 여자는 아내가 되었고
갓 쉰의 병약하신 어머니는
그 이듬해 하늘나라로 떠나셨지

임종을 지키지 못한 불효자식
어머니 뵈러 첫 휴가 나오던 날이
너무도 그립던 애인 만나러 오던 날이었지

스물하나 꽃다운 나이의 여자는
어머니 나이까지 합하여

첫 손주를 본 할머니가 되었지

거실 소파에서 책을 읽다 말고
안방에 있는 아내가 그리울 때가 있다
그 지척의 거리에서
어머니가 웃고 계신다

할머니의 돌

할머니가 나무 아래 놓으신 돌이다

아파트 뒤뜰 공터를 한 바퀴 돌 때마다
돌을 하나씩 갖다 놓으셨다
처음에는 돌이 다섯 개였다
어느 날 보니 돌 하나가 더 있었다
마치 새 치아가 하나 더 생긴 것처럼
지금은 여덟 개의 돌이 나란히 놓여 있다
그새 할머니가 운동량을 늘리신 게다

할머니를 여러 날 뵙지 못했다
서로 숨바꼭질이라도 하는 양
돌만 보고 가는 날이 더 많아졌다
어제는 나무 왼쪽에 있던 돌이
오늘은 오른쪽으로 옮겨져 있다
그걸로 할머니가 다녀가신 것을 알 수 있다
이 근동에서 돌의 비밀을 아는 이는
나 말고는 없을 것이다

우리의 숨바꼭질이
좀 더 길어져도 좋을 것 같다

어떤 작명

새벽같이 일어나
수영장 가는 길
살구나무가 환하게
꽃을 달고 서 있다

키 큰 살구나무보다도
더 키가 크고 품도 넓어서
크기를 가늠할 수도 없는
나무도 한 그루 서 있다

오늘 처음 본 것도 아닌데
마치 처음 보는 듯한
이 나무 이름을

아침이라고 할까
하루라고 해야 할까

오후

신은 자전거를 타고 강어귀에 닿으라고
오후의 한때를 만드셨다

오늘은 지는 꽃을 보러 갔다
저녁이 오면 오후가 지듯이
그런 오후를 만나러 갔다
강가에서 아코디언을 연주하는 남자에게
다가가 말을 걸고 싶었지만
그냥 웃고만 왔다
말을 걸어도 좋았겠지만
내가 말을 걸지 않아서

그는 침묵의 연주를 할 수 있었다

첫, 분홍

나의 임종을 지켜보던 며늘아기가
옆에 있는 아들에게 귓속말로
아버님에게서 분홍을 본 것 같다고 속삭이자
아들이 또한 며늘아기에게 귓속말로
나도 보았다고

서로 분홍빛이 감도는 얼굴로

이런 생각을
첫배새끼로 분홍 꽃 몇 점 내보인
덕진연못을 돌아 나오면서 했다

산길 쓰는 남자

이른 아침 동네 뒷산에 오르니
한 남자가 자기 집 앞마당이듯
싸리 빗자루로 산길을 쓸고 있네
가벼운 산행 차림에 나처럼 맨발이었네
집에서 빗자루를 들고 나왔을까
산길 어디에 싸리비를 두었던 것일까
각자도생의 각박한 삶의 어느 고비에서 돌아와
홀연 산길을 쓸 생각을 했을까
뭉클한 마음에 가까이 다가가
수고하십니다, 인사했지만
세속의 인사 따위는 모르는 일인 듯
묵묵히 산길만 쓸고 있었네
묵언정진하는 수도승 같았네
가만 보니 한두 번 쓸어본 솜씨가 아니네
어디서부터 쓸고 내려왔는지
싸리비 지나간 자리
회초리 자국처럼 선명했네
몰래 뒤를 밟았다가
그이의 문하에 들고 싶었네

여름숲에서

맨발로 숲길을 걷다 보면
자꾸만 나무를 우러러보게 된다
나보다 열 배는 더 키가 큰 나무들을
우러르지 않고는 나무 우듬지까지
바라볼 재간이 없긴 하다
하지만 나무를 우러러보는 것은
내 마음에서 우러나오는 일이기도 하다

나무에 대한 공경의 마음은
오래전 나를 몸의 곤경에서 구해준
숲에 대한 고마움에서 왔을 것이다
'동구밖 방사선길 아카시아 꽃 활짝 폈네~'
노랫말 살짝 바꾸어 부르며
숲길을 지나 암 병동으로 향했던
그해 봄날의 일도 그렇거니와
뜨거운 여름날 나무가 없다면
사람들 맨발로 걷기 좋으라고
황토를 깔아놓은들 무슨 소용이람

긴 치마를 치렁치렁 입고
맨발로 숲길을 걷는 여자에게
신발도 없이 집을 나와서 여기로 온 거냐고
물어보고 싶은 마음이 생기는 것도
다 어진 나무 아래서의 일이다

역전시장 정류장에서

목이 콱 잠겨 말을 할 때마다
핏대를 올리고 악다구니를 써야 하는
올해 여든한 살 잡수셨다는 할머니를
순천만 와온바다 가는 길에
역전시장 시내버스 정류장에서 만났다

내가 올해 여든한 살인디 말이요
서른몇 살 때부터 목이 이렇게 됐제라
나랑 밭에서 일을 같이 한 남자가
어찌나 일을 야무지게 열심히 잘하든지
쉬지도 않고 물도 안 마시고 일을 하는데
나도 물도 안 마시고 죽자살자 따라 하다가
목이 콱 메더니 이렇게 되어뿌럿소

아니 어떻게 한번 그런 일이 있었다고
오십 년을 이럴 수가 있느냐고
평생을 얼마나 불편하게 살았겠냐고
말을 주거니 받거니 하는 중에

할머니가 기다리던 버스가 도착했다

할머니 짐을 받아 안아 버스 안에 넣어드리고
의자로 돌아와 와온 가는 버스를 기다리는데
전기선이 깔린 의자라 엉덩이가 따뜻했다
내 엉덩이가 따뜻했다면
할머니 엉덩이도 따뜻했겠다

명태대가리전

순천 아랫장에 장모님이 좋아하시는
명태대가리전은 없었다
명태머리전은 있었지만 장모님은 분명코
명태대가리전이라고 말씀하셨다

아랫장날 그걸 먹으러 가자고 하셨다
딸들이 안 가겠다고 하면
나랑 둘이서 다녀오자고 하셨다
기차를 타고 둘이서만 순천 아랫장에 가서
명태대가리전을 먹고 오자고 하셨다

오늘이 바로 그날
"아주머니 명태대가리전 되나요?"
"예, 거기 앉으세요."
잠시 후에 아주머니는 메뉴판에도 없는
명태대가리전을 내 앞에 갖다 놓았는데
어라, 장모님 깡마른 볼따구처럼이나 살점도 없고
먹는 것보다는 뱉어내는 것이 더 많았다

그래도 먹다 보니 은근 개미가 있고
질리지 않는 요상한 맛이 있어
아주 맛있게 잘 먹었는데
그걸 다 보고 있었는지 계산할 때
아주머니가 흐뭇한 표정을 지어 보이며
맛있게 먹어줘서 고맙다고 했다

나는 돌아서다 말고
"장모님이 명태대가리전을 좋아하셔서 오늘 같이 오기로
했는데
딸들이 너무 멀다고 못 가게 해서 저 혼자……"

끝내는 말꼬리를 흐리고 말았다

공지

하늘에 빨간 물감이 떨어져
노을이 곱기로 유명한 순천만 와온에
노을을 제공하지 못했습니다

노을이 오지 않은 날의 수묵화로 대신하며
예산 책정에 실패한 노을국장을
문책하지 않기로 했음을 알립니다

제2부

구멍

순천 아랫장에서 콩나물시루 옹기를 하나 샀다
아내가 흥정을 하고 나는 옆에 서 있었다
옹기장수가 만팔천 원을 받아야 한다고 하자
아내는 오래전 일이지만 오천 원을 주고 샀는데
무슨 만팔천 원이냐고 좀 깎아달라고 했다
옹기장수가 아닌 내가 펄쩍 뛰었다
저게 그래도 불속에서 나온 건데
오천 원이 말이 되냐고

끝내 만팔천 원을 다 주고 사 온
콩나물시루 옹기 안을 들여다보니
큼지막한 구멍이 두 개 나 있다
물 빠지는 구멍이겠는데
요실금으로 고생하던 생각이 났다
전립선암 수술 후유증이 꽤나 오래갔는데
그래도 그 덕분에 내가 살았으니
물이 좀 새는 것이 대수겠는가
콩나물도 썩지 않고 잘 자라기 위해
물을 줄줄 흘리기도 하는 것을

의자

1.

의자에 앉아 봄을 기다리던 사람이
조금 전에 떠난 방천길
의자 혼자 봄을 기다리고 있다
외롭지 않을까, 하고
가서 가만 엉덩이를 대고 앉는다
의자가 기분이 좋은지 엉덩이를 받아준다
의자가 내게 말한다
봄은 기다림이 길어도 좋아요
당신의 따뜻한 엉덩이가 있어서
봄이 멀리서 오고 있다
다른 동네 의자에 앉았다가 오느라
조금 늦는 모양이다

2.

기동이 불편하신 징모님은
의자만 보면 얼른 가서 앉으신다
의자는 말이 없다
다만, 자리를 제공할 뿐
묵언정진하는 비구승 같다
그이는 눈으로라도 말을 하지만
의자는 눈도 몸짓도 없다
다만, 침묵의 행동이 있을 뿐
오쇼는 열흘간의 침묵으로
붓다의 강의를 시작했다고 했다
침묵으로 책의 서문을 썼다고도 했다
그는 침묵으로 들어가기 전
의자를 물끄러미 바라보았을 것이다

저녁이 한 일

이른 저녁을 먹고 나선 길이다
하나뿐인 고마운 지구에게
나도 한통속이 되어 한 짓이 있으니
찌는 듯한 더위를 견딜 만큼 견뎌주다가
자전거로 천변의 바람을 불러와
몸을 식히러 나온 길이기도 했는데
내 앞에서 벌어진 아름다운 광경에
자전거 속도를 늦추어야만 했다
아버지가 딸을 자전거에 태우고 달리는데
그 딸의 얼굴에 환한 달무리가 핀 것이다
알고 보니 아버지 뒤를 열심히 따라가던
아들 자전거 헤드라이트 소행이었던 것!
딸이 뒤를 돌아보며 오빠를 응원할 때마다
한 폭의 그림이 완성되곤 했던 것인데
노을이 좋았다고 말할 수 없는 그날
어둠을 몰고 온 저녁이 한 일이었다

강아지풀을 위하여

천변으로 내려가는 계단이다
산책을 마치고 계단을 오를 때
강아지풀이 보인다

처음에는 강아지풀만 보이다가
몇 계단 더 올라가면
도로와 차량들이 눈에 들어온다

깃발처럼 나부끼던 강아지풀은
허공을 잃고 납작해지다가
차츰 풍경에서 지워진다

얼른 서너 계단을 내려온다

서리꽃

서리꽃 하얗게 핀 방천길을 걷다가
징검다리를 건너려는데
멀리서 보아도 키가 훤칠한 백발 할머니

봄이 건너오듯 경중경중
저쪽에서 이쪽으로 건너오신다
마침 건너려는 징검다리가 길어서
할머니와의 짧은 인연이 조금 길어졌다

길어도 눈 깜짝할 사이
할머니는 시야에서 멀어지고
나도 봄이 건너가듯
이쪽에서 저쪽으로 돌다리를 건너갔다

돌아오는 길에
햇볕에 잠깐 반짝이다 녹아 없어질
서리꽃 하얗게 핀 자리에
쪼그려 앉았다가 갔다

매화나무 근황

한 사나흘 후면 벙글어지겠다

아내와 말다툼도 하지 말아야겠다

그때까지 시도 쓰지 말아야겠다

기다림으로만 꽉 채우겠다

당번 꽃

백매화 피어 있던
폐가 뒷마당에
황매화가 피었다

하양이 노랑으로 바뀌었다

기특하게도, 꽃들이
폐가를 외롭지 않게 하려고
당번을 정한 모양이다

생이 이만큼이라도 환한 것도
봄 여름 가을 겨울
끝말 이어가듯 피는 꽃들 덕분이다

고맙게도, 신이
당신의 피조물을 외롭지 않게 하려고
마음을 쓰신 거다

당신이 슬플 때
당신의 꽃으로 피어나고 싶다

간절함이란

동네 뒷산이라도 오르막은 있기 마련
오월이 유월로 가는 계절의 오르막까지
두 오르막이 겹치는 곳에서
사랑이도 나도 갑자기 말이 없어진다
아, 사랑이는 원래 말이 없었지!
땀구멍이 없어 혀를 길게 빼고
가파른 계단을 오르는 사랑이에게
나는 묻곤 한다
힘들면 산에 가지 말고
그냥 천변이나 걸을까?
하지만 들을 수 없는 짐승에게는
물을 수 없는 물음들
털갈이까지 하고 있는 너에게
지금 힘들지 않느냐고
물어주는 것이 사랑일 테지만
들을 수 없으면 물을 수도 없다

하지만 간절함이란

이때를 위한 것인지도 모르지
언제든지 힘들면 말해주겠니?

봄을 훔치다

첫 매화가 피었다
자전거로 가면 십 분이 채 안 걸리는
가까운 이웃 동네 아파트 단지다

내가 사는 근동 어디 어디에
몇 그루의 매화나무가 서 있고
그 중 어느 나무가 가장 먼저
몸을 풀기 시작하는지
나는 빠삭하게 알고 있다

해마다 봄소식을 염탐하기 위해
남의 동네로 잠입하는 것이
나의 오랜 취미다
자전거를 타고 아파트 단지를 빠져나오다가
뒤를 흘끔 돌아보았다

봄을 훔친 죄는 형량이 얼마나 될까?

나는 꽃이다

혼자라도 피어 있겠다

내 이름은 수련

당신이 내 이름을 불러주지 않아도

나는 꽃이다

정체성에 대하여

교사로서의 나의 정체성은 아이들이었다
아이들이 있어서 내가 있는 거니까

자전거를 타고 만경강에 다녀오는 길에
긴 징검다리를 건너게 되었다
평소 이용하던 짧은 징검다리를 지나친 것은
자전거를 좀 더 오래 보듬고 싶었을 것이다

징검다리가 아무리 길어도
자전거가 나를 태우고 달린 시간과 거리에 비하랴

징검다리를 건너면서
나의 정체성에 대해서 생각해보았다

나는 누구인가?
나는 무엇인가?
이런 생각을 한 것이 아니었다

나는 누구의 누구인가?

행복

아침밥을 먹고 난 뒤
무얼 하겠다는 것이 아니라
아침밥을 먹는 것

사랑이를 산책시켜주고 난 뒤
무얼 하겠다는 것이 아니라
사랑이와 산책하는 것

요즘 나는 그게 된다
고마운 일이다

살붙이 같다는 말

이제야 우산에게 면목이 선다
내 살붙이 같다는 말
그 말을 우산에게 해줄 수 있어서

우산대가 내 어깨뼈에 닿았을 때였을 것이다
가을비 추적추적 내리는 밤
우산 쓰고 운동장에서 맨발걷기하다가
문득 그 말이 떠올랐던 것인데

비가 오나 눈이 오나
집에서 우산만 챙겨서 나오면
아무런 문제가 없었지

구시대의 발명품인
소박한 사물에 불과하지만
어떻게든 나를 젖지 않게 하려는
너의 진심

최첨단 에이아이도 흉내 낼 수 없는

고맙다는 말로는 모자라서
풀숲을 더듬듯이 찾고 있었는데

내 살붙이 같다는 말
용케도 그 말이 떠올라서
그 말을 너에게 해줄 수 있어서

이제야 너에게 면목이 선다
넌 내 살붙이가 맞으니까

비와 거미줄

당신이 와주셔서
나의 음습함이 보석이 되었습니다

당신의 서성거림으로
나도 거처를 갖게 되었습니다

고맙습니다

손님

몇 년 만에 찾아온 감기가
하루 만에 가시었다, 가시면서
서운한 기색을 감추지 못했을 것 같다

전에는 한 달 넘게 더부살이를 해도
내쫓는 법이 없더니
사흘도 이틀도 아니고 하루 만에
소금 뿌리듯 내치고 말았으니

어제는 콧물에 기침에 정신이 없어
몸은 고사하고 영혼까지 쪼그라들 기세더니
감기가 가시고 나자
이제야 살 것 같다

이런 말까지 들으면 얼마나 섭섭해할까 싶지만

감기 손님이 가신 뒤
병에게조차 경어를 쓴 옛사람들의 마음을
헤아려보는 아침이다

발바닥 꽃

동네 초등학교 운동장에서
맨발걷기 하다 만난 할머니는
나만 보면 싱글벙글이시다

내가 좋아서가 아니라
걷는 것이 즐거우신 거다
맨발 동무에게 다가가
슬그머니 말을 걸어본다

―좋으시죠?
―발바닥이 따끔따끔해서 좋아요

왕모래가 깔린 운동장을 걷다 보면
발바닥에서도 꽃이 핀다
따끔따끔은 꽃이 피는 소리다

봄이 오니 맨발걷기를 할 수 있어서 좋다
매화가 피고 살구꽃이 피고

벚꽃이 피는 것은 그다음 일이다

봄꽃들이 아무리 예쁘고 화사한들
대지와의 입맞춤에 겨워
따끔따끔 피는 발바닥 꽃만 할까

제3부

다시, 여수 동백

열흘 전에 왔을 때는
나무에만 달려 있던 꽃들이
거지반 땅으로 내려와 있다
꽃숭어리째 떨어진 통꽃들
한 남자가 실망한 듯
꽃이 다 저브렀네, 하는 것을
그게 아니라고
저것들이 저븐 것이 아니라
땅에서 피어 있는 것이라고
그렇지 않고서야
어찌 저리 붉을 수가 있겠냐고
울음이 남아 있는 한
생이 다한 것은 아니라고
말해주려다가 말았다
시야에서 멀어지던 남자가
내 쪽을 돌아보는 것도 같았다

맨발의 사랑

맨발로 산길을 걷는다
모든 것을 다시 시작할 순 없지만
맨발은 될 수 있다

맨발로는 급하게 산을 오를 수 없다
느릿느릿 조심조심 산을 오르다 보면
내가 고요해져 있다

나를 조금씩 늦추는 것 말고
달리 무엇으로
고요할 수 있을 것인가

맨발로 산을 오르다 보면
생면부지인 나와 나의 맨발에게
쏟아지는 응원의 말과 눈빛들

그럴 때마다 햇살보다도 환하게
있는 명랑을 다해 화답해주지만

눈물이 핑 돌기도 한다

세상에는 아직도 다정한 것들이 많다

지리산을 다녀올 때마다
발바닥에 능선들이 칼금으로 그려져 있다
그래도 맨발의 투혼이란 말은 사양하겠다

대지와의 입맞춤이 이리도 황홀한데
맨발의 사랑이라면 몰라도

꿀차

구례터미널에서 기사 양반과
단둘이 타고 온 군내버스에서 내려
피아골 계곡식당 문을 살짝 열고 들어가
안에 누구 계세요? 했더니
눈매가 순해 빠진 할머니가 나오신다

간판에 꿀차라고 적혀 있던데요
핸드폰 충전하는 동안
꿀차 한 잔 마실 수 있겠어요? 여쭈었더니
따순 물로 타드릴까요? 하고 물으신다
예, 따순 물로 타주세요, 하고서는
배낭을 내려놓고 기다리는데
잠시 후 유리컵에 꿀차를 타서 내오셨다

차가 따숩고 꿀맛이었다

찻값을 미리 지불하고
핸드폰이 충전되는 동안

직전마을 주민이라도 된 듯
뒷짐을 지고 식당 앞을 어슬렁거리는데
다 큰 처녀애 둘이 고무호스를 들고
물장난을 치고 있었다
물을 흠뻑 뒤집어쓰고도
장난질을 그치지 않는다

초가을 햇살이 따습고 달았다

정자나무집과 가을과 하루살이

한 모퉁이만 더 돌아가면
정자나무집이 나온다
그때 가을이 왔다
처서가 지나도 오지 않던 가을이
구월이 와도 감감무소식이더니
그 모퉁이를 지날 때

해마다 가을이 오는 날이 있다
사랑이 찾아오듯이
그 순간을 모를 수 없다
2025년 9월 2일 오후 5시 47분
나는 시간까지 봐두었다
한 모퉁이만 더 돌아가면
정자나무집이 나오는
그 길에 잠깐 멈춰 서서

나는 생각했다
지금부터 석 달 구십 일

지상의 나무들은
얼마나 곱고 아름답게 물들 것인가
또 나는 생각했다
석 달 구십 일이
내게 남은 생이라면 억울할까?
그게 좀 억울하다면
사람의 수명이 석 달이라면?
거기에 운이 좋게도
내가 태어나서 죽을 때까지
온통 가을이라면
조금은 덜 억울하지 않을까

정자나무집 앞에서
시인 둘이 담배를 피우고 있었다
식당인지 막걸릿집인지 애매한
정자나무집 회원들이다
저녁 여섯 시에 몇몇이 모여
이렇다 할 얼개도 없이 두세 시간 동안

이야기를 하다가
이야기를 듣다가 나온다

정자나무집 주인인 이모님은
고등어 찌개와 열무김치를 내오며
무릎 인공관절 수술을 하게 되어
석 달 동안 문을 닫을 것이라고 했다
정자나무집 회원들이 안타까운 표정으로
한마디씩 위로와 덕담을 내놓는 동안
나는 속으로만
'석 달이면 내 생애네?' 했다
많이는 억울할 것 같지 않았다

하루가 온 생애인
하루살이를 생각했던 것도 같다

이중주

풍경은 혼자서는 아름다울 수 없다

바라보는 눈길이 있어야 한다

저녁이라는 장르

저녁에 자전거를 타는 것은
바람의 혼인식에 초대받는 일

자전거가 만든 바람과
저녁이 만든 바람이 만나면
연애가 되는 거지
풀꽃들이 생기지

저녁은 하나의 장르다

다 늦은 오후와 밤 사이
바람이 안색을 바꾸고
어둑한 것들이 빛나는 시간

어둑한 것과
어두운 것은 다르지

영원한 어스름

개망초나 기생초 같은
초 자 돌림의 풀꽃들이며
초여름의 저녁을 수놓는
천변의 식솔들

저녁은 식구들이 돌아오는 계절이다

잠이 눈처럼 와주기를

오랜 허리앓이 후유증으로
자는 일이 한 짐이다
잠이 눈처럼 와주기를 기다린다
문 앞에서 서성이고 있는 잠을 다독인다

너도 그만 들어와 자지 않을래?

몸을 뒤집어 어깨를 풀어주고
뒤척이다가 겨우 잠이 든다
토막잠을 붙여서 자고 일어나면
침대 이불보가 마구 헝클어져 있다

분투하라 분투하라
아직은 고요할 때가 아니니

몸의 외침을 시리게 듣는다

사랑이의 가을

어느 해 시월, 붉게 물들어가던
담쟁이넝쿨을 사진기에 담다가 만난
사랑이는 가을을 알까, 가을을 느낄까?
에이 설마, 개가 가을을 어떻게?
정말 그럴까, 사랑이는 정녕 가을을 모를까?
더위가 한풀 꺾이면 가을이 오는 것을
사랑이도 알지 않을까?
혀를 내밀고 헉헉대지 않아도
걸을 수도 있고 뛸 수도 있는
가을이란 말은 몰라도 가을의 맛을
사랑이도 알지 않을까?
자유란 말은 몰라도 자유의 맛을 알듯이
그것이 진짜 자유를 아는 것이듯이
그 무더웠던 여름과 첫눈 오는 겨울
그 사이에 무언가 다정한 것이 있다는 것을
사랑이도 알지 않을까?

강천사 가는 길

가을산이 온통 붉다고
나무가 저절로 붉어진 것은 아니리
한 그루 한 그루
자기완성의 길을 걸어온 나무들

곱다 예쁘다

그 가을 단풍나무 아래로
왁자지껄 떠들며 지나가는 사람들
모두 뒤범벅이 되어 있지만
한 그루 한 그루의 사람들

내가 나무를 속속들이는 모르듯이
모르는 사람들 모르지만
붉은 사연 한두 닢은
달고 살 것만 같은 사람들

곱다 예쁘다

여기저기 터져 나오는 탄성을
당신들에게 돌려주고 싶다

나뭇잎 얼굴

하루를 끝내고 잠자리에 들었는데
문득, 떠오르는 얼굴

지금도 그 자리에 그대로 있을까?

나뭇잎의 마지막 보시로
벌레들이 그려놓은 얼굴

주름살투성이 할미탈을 닮은

나는 따뜻한 방에서 이불을 덮고
너는 구도심 골목길에서 어둠을 덮고

미안해하지 않으마

누군가의 발에 밟혀 날아간 살점이 눈동자가 되어
밤하늘의 별을 볼 수도 있으리니

다만, 자다가 뒤척일 때 널 생각할 거야
뒤척이는 일이야 네가 전문가겠지만

그럼, 잘 자!

죽은 물고기를 위한 노래

지인 소개로 찾아간 시집 책방에서
시집 두 권을 사 들고
천변을 지나올 때는 날이 저물고 있었다

고니 같기도 한 흰 새 한 마리
저녁거리 사냥에 성공했는지
멀리서 보기에도 통통한 물고기를
목으로 넘기기 일보 직전이었다

저녁을 굶지 않게 된 새를 축하해야 할지
포식자의 사냥감이 된
물고기를 안쓰러워해야 할지
이러지도 저러지도 못하다가

문득,

새는 저녁거리를 얻었으므로
죽은 물고기의 갸륵한 보시에 대한 애도가 남았겠고

그 일을 하는 사람이 시인이 아니겠나 싶어
고개를 주억거리다

다음에 궁남지에 올 때는

전주에서 부여 궁남지까지
승용차로 한 시간 거리라고 했을 때
먼 여행의 설렘에 잠을 설친 나로서는
허망한 생각까지 드는 것이었다

서동과 선화가 만나 연애했고
훗날 서자인 서동 왕자가 왕이 되어
어머니를 위해 꾸몄다는
궁남지, 그 먼 과거로의 여행이
불과 한 시간이라니!

다음에 궁남지에 올 때는
가을도 다 늦은 가을 즈음에
나를 홀리던 꽃들도 다 이울고
시간에 그을린 연밥이나 보러
오리라고

금남여객이었는지

기억이 가물가물한 완행버스를 타고
운전기사에게 자꾸만 말을 걸어서라도
못해도 두세 시간은 걸려서
오리라고

착시

왼쪽 눈은 아직도 시력이 1.0인데
오른쪽 눈 시력이 갈수록 나빠져서
결국은 백내장 수술을 받기로 했다
수술 전 검사를 받기 위해
호명을 받고 검사실에 들어갔는데
내 눈을 검사하던 간호사가
자기 눈덩이를 바라보라고 하더니
나중에는 또 코를 바라보라고 한다
또 어디를 바라보라고 했는데
그녀의 얼굴 어딘가였다
믿을 수 없을 만큼
아주 가까이 그녀가 있었다
검사가 한없이 길어지자
나는 어쩔 수 없이 설레고 말았는데
나는 왜 마스크도 안 쓰고
검사를 받았던 것일까

검사가 다 끝나고

대기실에서 호명을 기다리는데
그녀가 내 앞을 지나가는 것이었다
일에 열중한, 무심한 눈빛이었다
마치 조금 전에
아무 일도 없었던 것처럼

황홀의 시
— 황방산 단풍

지상의 마지막 가을인 듯싶네
하루의 마지막인 황혼녘의 해가 그렇듯이
황홀하네

황홀하다는 말
시에서는 절대어를 쓰면 안 된다는
문청 시절 스승의 당부를 거역해야겠네

지상의 가을이 다 스러지고 나서야
불붙기 시작하는 황방산 단풍이
황홀의 시인 것을

스무 살이 다 돼서야 화장을 배운
늦된 처녀애 얼굴에 핀 꽃노을처럼
황홀하네 황홀하네

내 안의 하양

시력만 돌아온 것이 아니다
빛바랜 하양의 아우라까지 돌아왔다
같은 하양이라도 채도가 다르다
철학자 칸트가 말한 물자체가 이런 것일까?

백내장 수술을 하고
하루 만에 안대를 풀자 일어난 일이다
처음으로 내가 감각한 것들에 대해
의심을 품게 되었다

의사가 안약 세 개를 처방해주었다
한 달 동안 하루에 네 번씩 넣으라고 했다
의사의 말에 나는 적이 안심이 되었다
눈에 칼을 댔는데 이 정도는 해야지

눈에 안약을 넣을 때마다
내 안의 하양을 의심해볼 일이다

제4부

첫차

200번 버스가 3분 뒤에 온다고
버스 정보 시스템에 떴다

첫차라고 맨 왼쪽에 빨간 글씨로 써 있다

첫사랑의 첫 자다
첫눈의 첫 자다

지리산에 가기 위해
첫 기차를 타러 가는 길이다

이 첫새벽에도
나를 이어주는 고마운 사람들이 있다

징검다리

흐리다가 갠 날이다

내 몸도 흐리다가 맑아져서
오랜만에 바깥나들이 나갔다가
징검다리 두 개 건넜다

하나는 길고 하나는 짧았는데
두 징검다리 사이에
내가 건너지 않은, 건널 수 없는
징검다리도 있었다

돌 하나가 홍수에 떠내려갔는지
이빨이 빠진 채 오래 방치된
징검다리로는 쓸모를 잃은
거기, 새들이 삼삼오오 모여 있었다
새들의 평화로운 놀이터가 되어 있었다

사람들의 왕래가 없어서

그리 된 일일 거라고 여기며
되도록 멀찍이 떨어져
숨죽인 채 한참을 서 있었다

내 마음끼리도 잠시나마
왕래를 끊고 싶다는 생각을 해보기도 하면서

가슴으로 한 말

단골 치과에서 임시 치아를 달았다
치료가 끝나는 다음 주까지
단단한 것은 절대 씹지 말라고
의사와 치위생사가 번갈아
귓속말을 하듯 내게 일러주었다
나는 다짐이라도 하듯
그러겠노라고 대답을 해주었다
고개까지 끄덕였으니
그 약속을 꼭 지켜야 한다
우선은 내 치아를 위한 일이지만
진심을 위한 일이기도 하다
그러겠노라고 대답했을 때
나는 눈을 감고 있었지만
진심을 다해 말했기 때문이다
가슴으로 한 말은 지켜야 한다
뿌리까지 상한 치아를
뽑아내는 쉬운 길을 버리고
애면글면 살리려 애썼던

진심을 다한 시간들에 대하여
화답하고 싶었을 뿐이지만

무용(無用)에 대하여

정년 퇴임 후 십 년이 지났다

휴일도 아닌 평일에 점심 먹고 집을 나와
시내버스 타고 전주한옥마을에 와서
오후 내내 꽃소식이 당도했는지
이곳저곳 기웃거리며 어슬렁거리는 동안
나를 찾는 전화가 한 통도 없었다

이 한산함이라니!

쇠의 침묵

구도심 주택가
사람이 살다가 버린 집

헐고 녹슨 철문
시멘트 기둥 벽에
아침 햇살이 만들어낸
문양이 아름답다

가만 보니
정작 벽에 드리워진
꽃 같은 예쁜 무늬는
햇살이 투과하지 못한
쇠의 침묵이 한 일이다

한 줌 햇살에
쇠창살로도 꽃을 만들 줄 아는
불행과 불우를 다해 시를 쓴다는
시인의 안부가 궁금해졌다

쌀죽

내 바통을 이어받아
감기에 걸린 아내를 위해
아침에 새로 지은 밥에서
한 수저 떼어내어
쌀죽을 끓이다

지금부터 내가 할 일은
세상을 버리고
세상을 잊고
세상과 멀어지는 일이다

오직 한 사람을 위해
죽을 끓이는 일이다

약한 불에서
더디게 더디게
부글부글 끓어오르는 것을
찬찬히 들여다본다

손은 쉴 새 없이
이미 죽이 된 밥을
더 부드러워지라고
짓이기고 있다

아내는 입맛이 없어도
내가 끓인 쌀죽은
먹을 만하다고 했다

나를 짓이긴 보람이 있다

비를 혼자 놀게 두고

밤비 오신다

낮에 놀다 두고 온
동네 초등학교 운동장에 나와
맨발걷기 하며 논다

우산 쓰면 들리기 시작하는
아내의 잔소리 같은 빗소리
끝없는 소음이 고요하다

아무리 세찬 빗속이라도
맨발로 걸으니 신발 젖을 염려가 없구나!

땅이 젖어 흙이 보드라우니
밤의 해변을 걷는 기분이다
발바닥을 매만지는 흙처럼
조금만 더 연해지고 싶은 마음

비는 밤새 쏟아질 기세다

아내 잔소리 들으러 집으로 간다

비를 혼자 놀게 놓아두고

잠자리와 고요에 대하여

잠자리의 기억력은 8초다
사진기를 들이댔다가 달아나도
8초만 기다리고 있으면
다시 제자리에 와서 앉아 있다

내 제자 아이들 중에
아무리 야단을 쳐도
8초 만에 다시 떠들거나
딴짓을 하는 녀석이 있었다

잠자리는 8초 만에 돌아와
가지 끝에 고요히 앉아 있다
우매한 선생 눈에 비친
녀석은 고요하고는 거리가 멀었다

그러던 어느 날
선생은 놀라운 사실을 알게 된다
녀석이 무려 8초 동안이나

고요를 유지하고 있었다는 것을

8초를 8분까지 늘려주는 데
꼬박 1년이 걸렸다
8초 만에 떠들던 아이가
8분 만에 떠드니 좀 살 것 같았다

20년도 더 된 일이니
그 애도 시집을 갔을 것이다
저를 닮은 아이를 낳았다면
골치가 좀 아플 거다

그 생각을 하면
고요하다가도 웃음이 나온다

노란 킥보드의 노숙

길 어디서나
아무렇게나 널브러져 있다

비까지 오시는데
아무리 쇳덩이라도 그렇지

근처 분식집에 데려가
라면이라도 사주고 싶다

꽃을 보고 온 날

꽃에게도 마음이 있을까?
아니지, 꽃이 마음이지
오월의 대지에는
오월의 마음이 피는 거지

허구한 날 마음도 없는 것들하고 논다고
누가 뭐라고 한 것도 아닌데
괜히 혼자 찔려서는
내가 묻고 내가 대답하고

꽃을 보고 온 날은
누구의 마음을 만지다가 온 것 같다

관람료

오늘도 자전거를 타고
저녁놀을 보러 갔다

신은 한 번도 나에게
관람료를 받지 않았다

흔한 가을

시월이 되자 가을이 흔해빠졌다
낮에는 품귀 현상을 보이기도 하지만
저녁을 물리기가 무섭게
가을 신상품인 바람이 안색을 바꾼다

슬리퍼를 신고 밖에 나가면
가을이 바겐세일 중이다
가을의 최대 품목인 은행잎들이
노랗게 물들기 시작한다

가을 경제학에는
희소성의 원칙이 적용되지 않는다
가을은 흔할수록 깊어진다
가을은 귀족정이 아닌 공화정이다

나는 흔한 사람이다
나는 내가 좋다

그루터기 그림자

지루한 봄장마 끝에 온
얼마 만의 햇살인지!

볕이 나니 그림자도 생긴다
나무 그루터기에도 그림자가 생겼다

그루터기가 그림자에게
"어디 갔다가 이제 온 거야?"

한 열흘 사라졌다가 나타났으니
궁금할 만도 했겠다

그루터기는 나무의 밑둥이니
나무가 그림자를 남겨놓고 떠난 모양새다

그루터기 그림자는
나무의 그림자의 그림자

봄장마가 시작되면서
그루터기 그림자마저 떠나버렸으니

그루터기가 그림자를
반기면서도 나무랄 만하다

공백기

닷새 만에 연밭에 왔다
닷새는, 말하자면, 공백기 같은 것이었다

무슨 심사였는지
닷새 전에 연밭을 떠나면서
나는 이렇게 읊조렸던 것이다

우리 당분간 공백기를 가져보면 어떨까?

고등학교를 갓 졸업한
전도가 매우 불투명하던
그 무렵에 만난 여자애가 내게 했던 말이다

나는 황당했는데
너는 아니었던 것 같구나

안 본 사이에 더 예뻐진 걸 보면

이른 봄

몸집이 제법 큰 까치 한 마리가
막 집에서 나와 어디론가 날아간다
까치집이 나무 끝에 아슬히 달린 풍경이 아닌
까치가 사는 집이라는 것을 처음 알았다

아직 추위가 가시지 않은 이른 봄
천변에는 무슨 나물인가 꽃인가 하는 것이
서리를 하얗게 뒤집어쓰고 있었고

꽃들의 영정사진

화무십일홍(花無十日紅)도 못 되고
만 사흘을 피다가 갔구나
어제 찍은 사진은 영정사진이었네

꽃 진 자리에 잠자리가 앉아 있다
언젠가는 나에게도
잠자리가 찾아올 것이다

내게 잠자리를 보내신 이가
너는 세상에서 무엇을 하다가 왔느뇨
물으시면 할 말이 하나 더 생겼다

전에는 이렇게 대답을 할 참이었다
자전거를 타다가 왔습지요, 라거나
또 몇 가지가 있었다

꽃들의 영정사진을 찍어주다가 왔노라고
이제는 말하고 싶어졌다

이 깊은 시간성의 언어

오민석

1. 연두와 분홍, 죽음을 넘는 시간성

비본래적 존재는 시간을 사유하지 않는다. 비본래적 존재는 비본래적 관심의 과잉 때문에 시간성이 곧 존재의 의미라는 사실을 알지 못한다. 하이데거가 볼 때 인간이 자신의 '본래적 시간'을 회복하는 유일한 길은 죽음을 직시할 때 열린다. 죽음은 현존재의 가장 고유하고 추월 불가능한 가능성이다. 죽음에 대한 의식이 시작될 때, 시간성은 비로소 근원적인 '자기 자신'으로 다가온다. 시인이 시간성을 자각하는 것은 크게 두 가지 방향에서이다. 하나는 죽음이 이미 감지된 미래로 거꾸로 달려올 때이다. 이런 순간은 시인의 생물학적 나이와 무관하게 올 수 있다. 또 하나는 시인이 인생의 후반부에 이르러 자연스레 죽음을 사유하게 될 때이다. 이 두 가지 순간은 따로 오기도 하고 동시에 발생하기도 한다. 중요한 것은

시간성에 대한 사유가 본래적 존재 회복의 가장 중요한 조건
이라는 사실이다.

> 가만 생각해보니
> 어머니도 날 낳으시고
> 며칠 뒤라도 몸이 우선해져서는
> 마당에 나오셨다가
> 연두를 보셨겠구나
>
> 나도 어머니에겐 연두였겠지만
> 아니, 내가 더 연두였겠지만
> 먼 산의 연두보다도
> 더 연두였겠지만
>
> 아, 당신 품 안의 연두와
> 봄 산 먼발치의 연두를
> 번갈아 바라보셨겠구나

―「연두」 부분

이 작품에서 시인에게 시간성에 대한 의식을 불러일으
킨 모티프는 "연두"이다. 시인에게 연두는 어린 생명과 희망
과 봄을 가리키는 시간의 지표이다. 시인은 이미 할아버지
가 되어 있다. 어머니에게 연두는 먼 과거이며 유년의 시인이
고, 노년의 시인에게 연두는 현재이며 시인의 "첫 손주 유담

이"(「시인의 말」)이다. 그렇지만 연두는 과거-현재-미래의 선형 (linear)적 시간에서 벗어난 시간이다. 그것은 과거와 현재와 미래를 비선형적으로 오가며 모든 시간에 생명을 불어넣는다. 그것은 반복되며 부활하는 시간이며 모든 시간에 힘을 불어 넣는 에너지이다. 어떤 면에서 그것은 시간이라기보다 차라리 사건이며 시인을 본래적 삶으로 끊임없이 회귀시키는 힘이다.

시인은 「시인의 말」에서 이렇게 말한다. "다시 봄이다.//오래전, 어머니가 연두인 나를 바라보셨듯이/연두의 연두의 연두인 첫 손주 유담이를/할머니가 된 아내가 바라보고 있다.//무얼 더 바랄 것인가?//다만, 내 가난한 시가 세상의 마을로/한 발짝만이라도 더 나아갈 수 있기를!" 시인은 연두의 시간에 대한 자각을 거쳐 비로소 "더 바랄 것"이 없는 삶의 충만한 궤도로 진입한다. 이제 그가 더 바라는 것이 있다면 좋은 시를 써서 그것들이 "세상의 마을로/한 발짝만이라도 더 나아" 가게 하는 것뿐이다. 말하자면 그의 시업은 황혼이 되어서야 날아오르는 미네르바의 부엉이처럼 생의 어느 충만한 시간에 일어난 사건들이다. 그의 시는 이렇게 먼 옛날 연두였다가 이제 연두에서 다시 연두로 끊임없이 이어지는 시간성에 대한 자각에서 출발한다.

나의 임종을 지켜보던 며늘아기가

옆에 있는 아들에게 귓속말로
아버님에게서 분홍을 본 것 같다고 속삭이자
아들이 또한 며늘아기에게 귓속말로
나도 보았다고

서로 분홍빛이 감도는 얼굴로

이런 생각을
첫배새끼로 분홍 꽃 몇 점 내보인
덕진연못을 돌아 나오면서 했다

—「첫, 분홍」 전문

이 시에서 "분홍"은 앞 작품에서의 "연두"와 멀지 않은 거리에 있는 상징이다. 앞 작품에서 연두가 봄의 '햇잎'에서 얻어온 색깔이라면, 이 시에서 분홍은 봄의 "첫배새끼"로 핀 꽃의 색깔에서 얻어온 것이기 때문이다. 연두와 마찬가지로 분홍도 시간의 선형성을 파괴하고 있다. 현재의 살아 있는 화자는 놀랍게도 "임종"의 시간에 미리 가 있다. 하이데거는 미래를 과거—현재로 이어지는 선형적 시간의 다음 칸이라고 생각하지 않는다. 그에게 미래는 자신의 존재를 어떤 가능성으로 내던지는 기투(entwurf)의 시간이다. 미래의 가장 확실한 가능성은 죽음이다. 시인은 죽음이라는 한계를 지금 여기로 미리 끌어들여 그 유한성 속에서 본래적 자신에게로 다가간다. 그에게 본래적 자신은 죽음 자체가 아니라 새로운 삶, 반복되는 봄의 시간, 세대를 거쳐 이어지는 시간 속에 있다. "분홍빛이 감도는 얼굴"은 이제 곧 과거가 될 "나"뿐만 아니라 현재를 사는 "아들"과 "며늘아기", 그리고 그 뒤(미래)를 잇는 세대의 것으로 연결된다. 시인에게 연두와 분홍은 시간 속에서 시간을 넘어 반복되는 생명의 시그널이다. 연두와 분홍의 궤도 위에서 과거-현재-미래의 선형적 시간은 무의미하다. 죽음마저도 연두와 분홍의 시간을 죽일 수 없다. 시인에게 연두와 분홍은 죽음의 미래를 탄생의 현재로 끊임없이 환치하는 특수한 기표이다.

2. 즈음의 시간

안준철 시인에게 미래가 과거와 현재로 기투하는 시간이라면, 과거와 현재는 어떤 시간일까. 그에게 모든 시간은 얇은 막이 아니다. 그에게 시간은 부피이다. 그것은 움직이는 두께와 거리이다.

한 사나흘 후면 벙글어지겠다

아내와 말다툼도 하지 말아야겠다

그때까지 시도 쓰지 말아야겠다

기다림으로만 꽉 채우겠다

—「매화나무 근황」 전문

　그에게 시간은 한 존재가 다른 존재로 한 세계가 다른 세계로 발효하는 공간이다. 그에게 시간이 공간인 이유는 그것이 폭과 깊이를 갖고 있기 때문이다. 위 작품에서 "매화나무"는 개화하기 전 단계에서 개화의 단계로 조용히—그러나—숨가쁘게 팽창하고 있다. 그것은 비존재에서 존재로 움직이는 시간이며, 없던 세계가 새로 탄생하는 시간이다. 그것은 움직이는 시간이고, 비결정성의 시간이며, 무엇-되기의 과정에 있는 시간이다. 이것을 순우리말로 '즈음'의 시간이라 불러도 좋다. 수많은 시간의 단위들이 있지만 가장 새롭고 기대로 가득 찬 시간은 바로 '즈음'의 시간이다. 당신을 만나러 나가 당신이 문을 열고 들어오기까지 설레며 기다리는 그 '중간'의 시간, 살아서 계속 움직이는 액체의 시간, 격정을 향해 달려가는 '즈음'의 시간은 죽음의 시간이 아니다. 그것은 관습에서 벗어나는 시간이며, 또다시 뻔해질 미래도 아닌, 미결정의 시간이고, 유동의 시간이다. '박명(薄明)', '어스름', '여명(黎明)'의 시간은 이렇게 변화로 가득 차 있다. 그것들은 '저 너머'로 가기 위해 퉁퉁 부어오른 시간, 잘 발효되어 다른 것으로 다시 태어나는 시간이다. 그 귀한 시간에 집중하기 위해 위 시의 화자가 선택하는 것은 '무위(無爲)'이다. 아내와 말다툼도 하지

않고, 심지어 시도 쓰지 않고, 오직 "기다림으로만" 꽉 채운
이 태도는 시간이 그 자체의 동력에 의해 다른 시간으로 충분
히 발효되도록 돕는다.

> 저녁에 자전거를 타는 것은
> 바람의 혼인식에 초대받는 일
>
> 자전거가 만든 바람과
> 저녁이 만든 바람이 만나면
> 연애가 되는 거지
> 풀꽃들이 생기지
>
> 저녁은 하나의 장르다
>
> 다 늦은 오후와 밤 사이
> 바람이 안색을 바꾸고
> 어둑한 것들이 빛나는 시간
>
> 어둑한 것과
> 어두운 것은 다르지
>
> —「저녁이라는 장르」 부분

　시인에게 중요한 것은 "저녁"이라는 시간이다. 저녁은 "다
늦은 오후와 밤 사이"의 시간이며 "어둑한 것"이 "어두운 것"
으로 이행하는 시간이다. 자전거 이야기는 이 '즈음'("어스름)

의 시간이 움직이는 방식을 서사화한 것이다. '저녁'은 이질적인 것들이 만나 새로운 것으로 변화하는 시간이다. "바람의 혼인식"은 이런 시간성 속에 존재한다. 자전거가 만든 바람과 저녁이 만든 바람이 만나 연애를 할 때, "풀꽃"들이 생겨난다. '즈음'의 시간은 이렇게 부재를 존재로 바꾸는 시간이다. 여기에서도 시인은 시간의 단면이 아니라 부피를 읽는다. 시인에게 시간은 일정한 폭과 높이와 깊이를 가지므로 마치 공간처럼 구성된다. 시인은 시간이 하나의 "장르"로서 움직이는 방식에 주목한다. 그것은 죽은 단면이 아니라 움직이는 부피이다. 시인의 존재는 이런 시간성 속에서 유의미해진다.

> 정년 퇴임 후 십 년이 지났다
>
> 휴일도 아닌 평일에 점심 먹고 집을 나와
> 시내버스 타고 전주한옥마을에 와서
> 오후 내내 꽃소식이 당도했는지
> 이곳저곳 기웃거리며 어슬렁거리는 동안
> 나를 찾는 전화가 한 통도 없었다
>
> 이 한산함이라니!
>
> —「무용(無用)에 대하여」 부분

이 작품은 이 시집의 많은 시들이 왜 시간에 대한 의식에서 시작되는지를 잘 보여준다. "정년 퇴임 후 십 년"이라는 시간

역시 '즈음'의 시간이다. 그 시간에 시인이라는 존재에겐 어떤 변화가 일어났나. 시인은 어디에서 어디로 가고 있는가. 시인은 지금 무엇이 되고 있나. 발효하는 이 시간의 귀결은 무엇인가. 시인은 여전히 밥을 먹고 꽃소식을 기다리며 관심이 있는 곳을 방문한다. 다만 휴일도 아닌 평일에 직장이 아닌 집에서 점심을 먹는다는 점만이 달라졌다. 생의 모든 시간이 다른 무엇-되기의 시간이었다면, 시인에게 이 시간은 "한산함"을 거쳐 "무용(無用)"의 것을 향해 있다는 점에서 치명적이다. 그것은 더 이상 다른 무엇이 없는 것을 향하는 시간이며, 존재가 서서히 비존재로 화하는 시간이라는 점에서 차별적이다. 생물학적 노년이 깊어져 죽음이라는 터미널을 의식할 때 누가 감히 시간을 사유하지 않으리. 시인에게 죽음이라는 미래의 시간은 현재보다 앞서 일어나며 시인으로 하여금 자신의 존재를 사유할 수 있도록 돕는다. 죽음을 향해 미리 달려가는 이런 행위를 하이데거는 '선구(Vorlaufen)'라고 부른다. 이 '선구적 결단성'을 통해 시인은 알게 모르게 불안 속에서 시간성을 느끼고, 시간성 속에서 존재를 사유하며, 존재에게 본래성의 목소리를 돌려준다. 이 깊은 시간성의 언어가 이 시집의 언어이다.

3. 본래적 존재의 모습

죽음의 시간성을 미리 달려갈 때, 본래적 존재가 회복된다. 본래적 존재는 세계의 안락함 뒤에 숨겨진 허무를 견뎌낸다. 그것은 불안을 경험하며 양심의 부름에 따라 생명과 사랑과 평화의 언어에 다가간다. 비본래적 존재가 시간을 단순히 '소모되는 현재의 연속'으로 간주한다면, 본래적 존재는 시간을 '질적 도약'으로 파악한다. 본래적 존재 안에서 과거와 미래는 현재의 결단 속에서 하나로 맞물린다. 시인은 이 놀라운 '순간'을 포착하며 본래적 목소리를 들려준다.

천변으로 내려가는 계단이다
산책을 마치고 계단을 오를 때
강아지풀이 보인다

처음에는 강아지풀만 보이다가
몇 계단 더 올라가면
도로와 차량들이 눈에 들어온다

깃발처럼 나부끼던 강아지풀은
허공을 잃고 납작해지다가
차츰 풍경에서 지워진다

얼른 서너 계단을 내려온다

—「강아지풀을 위하여」 전문

시인은 거창한 주장을 하지 않는다. 시인에게 중요한 것은 허튼 장식이나 외양이 아니다. 시인에게 귀한 것은 약하지만 문명의 반대편에 살아 있는 "강아지풀"이다. 계단의 위치에 따라 강아지풀은 도로와 차량(문명)에 밀려 "허공을 잃고 납작해지다가/차츰 풍경에서 지워진다". 문명 지배의 세상에서 강아지풀은 그렇게 하찮은 존재처럼 취급된다. 시인은 사라지고 지워지는 "강아지풀을 위하여", 의식 안에서 그것을 복원하고 살려내기 위하여, 오르던 계단에서 "서너 계단을" 다시 내려온다. 이런 진실과 지복(至福)의 행위는 오로지 시간성 안에서 비본래적 존재를 넘어 본래적 존재가 돌아올 때 생겨난다.

화무십일홍(花無十日紅)도 못 되고
만 사흘을 피다가 갔구나
어제 찍은 사진은 영정사진이었네

꽃 진 자리에 잠자리가 앉아 있다
언젠가는 나에게도
잠자리가 찾아올 것이다

내게 잠자리를 보내신 이가

너는 세상에서 무엇을 하다가 왔느뇨
물으시면 할 말이 하나 더 생겼다

전에는 이렇게 대답을 할 참이었다
자전거를 타다가 왔습지요, 라거나
또 몇 가지가 있었다

꽃들의 영정사진을 찍어주다가 왔노라고
이제는 말하고 싶어졌다

—「꽃들의 영정사진」 전문

꽃 사진을 찍으면서도 시인은 시간성을 사유한다. 그는 죽음의 미래를 현재로 끌어온다. 겉보기에 꽃들은 "만 사흘"의 '즈음'의 시간을 지나 존재에서 비존재로 바뀌었다. 시인의 "어제"는 바로 오늘의 죽음을 예비한 시간이었고, 마치 한 존재의 '즈음'의 시간을 기억이라도 하듯이 "꽃 진 자리에 잠자리가 앉아 있다". 생명에서 죽음으로 가는 이 시간에 시인은 자신을 꽃의 운명에 겹쳐놓는다. 꽃에 그러했듯 자신에게도 잠자리가 찾아올 것이라고 생각한다. 죽음을 선구하는 이 자리에서 그는 문득 "잠자리를 보내신 이"를 상상한다. "너는 이 세상에서 무엇을 하다가 왔느뇨"라고 묻는 이는 모든 시간성 위에서 시간성을 주관하는 절대적 존재이다. 죽음은 그런 절대자와의 만남을 예비한다. 그러므로 이제 죽음은 소멸이 아니라, 한 존재가 '다른 세계'에서 다시 새로운 존재로 태어나는 것이라는 반전이 일어난다. 이때 그 자리에서 "꽃들의 영정사진을 찍어주다가 왔노라"고 말하는 존재야말로 절대자 앞에서 시인이 회복할 수 있는 가장 본래적인 모습이다. 그것은 죽음을 사유하면서도 절대자와의 새로운 만남을 이미 예기하고 있으므로 죽음을 존재의 종점으로 간주하지 않는다.

이 시집이 보여주는 안준철 시인의 삶의 모습은 대체로 고요하고 평화로우며 정제되어 있다. 그는 삶의 작은 파도들에 일희일비하지 않으며 관조와 성찰의 깊은 시간성 속에 자신을 담가 놓는다. 그는 수시로 죽음의 미래를 환기하며, 죽음의 필연성 앞에서도 진정으로 가치 있고 아름다운 삶의 모습을 궁구한다. 죽음의 시간성에 대한 그의 사유는 존재의 본래성을 지속적으로 환기하고, 그런 과정에서 그는 마침내 죽음마저도—소멸이 아닌—새로운 가능성의 시간으로 읽어낸다. 이 시집은 마치 수도사처럼 이렇게 깊은 시간성을 통과 중인 한 영혼의 아름다운 발자취이다.

吳民錫 | 문학평론가 · 단국대 명예교수

오래된 아침

안준철 시집